后浪·陕西省第二期"百优"作家丛书

少年游

左 右-著

陕西新华出版
陕西人民出版社

图书在版编目（CIP）数据

少年游 / 左右著 . —西安：陕西人民出版社，2024.1
ISBN 978-7-224-14928-9

Ⅰ.①少… Ⅱ.①左… Ⅲ.①诗集 – 中国 – 当代 Ⅳ.① I227

中国国家版本馆 CIP 数据核字（2023）第 082486 号

出 品 人：赵小峰
出版统筹：王亚嘉　党静媛
责任编辑：党静媛
责任校对：何小红
装帧设计：白明娟
版式设计：蒲梦雅

少年游
SHAONIAN YOU

作　　者	左　右
出版发行	陕西人民出版社
	（西安市北大街 147 号　邮编：710003）
印　　刷	中煤地西安地图制印有限公司
开　　本	880 毫米 ×1230 毫米　1/32
印　　张	5.375
字　　数	119 千字
版　　次	2024 年 1 月第 1 版
印　　次	2024 年 1 月第 1 次印刷
书　　号	ISBN 978-7-224-14928-9
定　　价	42.00 元

如有印装质量问题，请与本社联系调换。电话：029-87205094

代序

时代向前，后浪奔涌

陕西省作家协会主席、陕西文学院院长　贾平凹

　　纵观中国当代文学的发展格局，陕西文学创作底蕴深厚，果实丰硕。一代又一代作家的继承与接续，使陕西文学在众声喧哗的多元文化轰鸣中，有着振聋发聩的独特力量。

　　时代的呼唤，激起层层后浪。对中青年作家的扶持和培养，是加强陕西文学人才队伍建设、特别是做大做强"文学陕军"品牌的必行之路，也是陕西省作家协会响应陕西文化强省建设的重要之举。2021年底，陕西省第二期"百优"作家遴选完成，集结了一批有担当、有作为、有学识、有激情的中青年作家。这些年轻一代作家在汲取优秀传统文化的基础上，不断打破写作土壤板结，在创作视野、题材和手法上寻求新的突破，展现出新时代的精神气象。

　　为了加大精品扶持和宣传推介力度，集中展示并扩大

"百优"作家优秀作品的传播力和影响力，激发作家的创作活力，由陕西省作家协会指导、陕西文学院具体组织编选了这套"后浪·陕西省第二期'百优'作家丛书"。丛书从第二期"百优"作家近三年创作的作品中遴选出10部具有代表性的优秀作品，涵盖了长篇小说、中短篇小说、报告文学、诗歌等体裁，充分展示了第二期"百优"作家对文学艺术的坚守与追求，展现了年轻一代"文学陕军"蓬勃的创作活力与丰厚的文化情怀。

　　时代向前，后浪奔涌。第二期"百优"作家虽还年轻，但在文学追求和写作技法上，已经积蓄了强大厚实的力量。愿我们的年轻作家承前浪之力，扬后浪之花，秉承崇高的文学理想，赓续陕西文学荣光，勇挑陕西文学事业由高原向高峰攀登的重担，让源远流长的陕西文学之河浩浩汤汤、蔚然奔流！

2023 年 7 月

目录

第一辑　抒情诗选

古观音禅寺 / 003
擦玻璃 / 005
过神木黄河段，邂逅一场雨而作 / 006
红碱淖遗鸥 / 008
亲人们 / 010
错过 / 012
回声 / 014
纳木错的马 / 015
鹿柴 / 016
驼铃 / 017
转经筒 / 018

远古时期的爱情 / 019

大风歌 / 020

秋天的童话 / 021

生活赞歌 / 022

十月十六日与吴若轩兄游太湖 / 023

在天竺山 / 025

旅馆 / 026

借东荡子诗句，怀念一个去世的敬姓朋友 / 027

选择 / 028

光影 / 029

秋日的果酱 / 030

和声 / 031

黄狗食月 / 032

回声 / 033

听见 / 035

海拔 / 037

童年的木耳 / 038

我们这里的农村人 / 039

父亲说 / 040

祈求 / 042

童年 / 043

骆驼 / 045

少年游（一）/ 047

给你（一）/ 049

故地重游 / 050

听声 / 052

野葡萄 / 054

声音是什么 / 056

给你（二）/ 058

春天里 / 060

被一条鱼仇视的冬天 / 062

鸡鸣 / 064

百年之后 / 065

给你（三）/ 066

起风了 / 068

少年游（二）/ 070

它世界 / 072

荷颂 / 073

小镇　/ 075

去卧虎岭　/ 076

第二辑　口语诗选

裂缝　/ 079

遗址　/ 080

特异功能　/ 081

课堂上讲给孩子们的童话　/ 082

摇篮曲　/ 083

我拉黑了两个旧友　/ 084

总有一个人，一开口就能将我喊疼　/ 085

父亲　/ 086

赐我以名，又立我以誉的那个人　/ 088

差一点　/ 090

失聪生活　/ 091

脚印　/ 092

疼的位置　/ 094

鸣谢　/ 095

最动听的歌 / 096
同病相怜 / 097
无声的生活总让我感到羞耻 / 098
幻听 / 099
失语是我这辈子最大的疼痛 / 100
唇语：分手信 / 101
怪癖 / 102
而立之年 / 104
有声音传来的地方 / 105
诅咒 / 107
我多么想听见那些该死的声音 / 108
我很震惊她天才般的发现 / 109
声响 / 111
母亲的身份 / 113
父亲在北京的雨中奔跑 / 115
起风了 / 116
苹果 / 118
惊弓之鸟 / 120
游泳池观景速写 / 121

他们总在我毫无准备的时候

  毫无忌惮地谈起我的命运　/ 122

诈骗　/ 123

一个交谈甚欢的下午　/ 124

兽啸　/ 125

失聪生活　/ 126

掏耳朵　/ 127

蜜蜂的世界　/ 128

撒尿权　/ 129

第三辑　童话诗选

大风车　/ 133

尖尖的夜晚　/ 135

在黎明来临之前　/ 137

无与伦比的风　/ 139

风来了　/ 141

风铃　/ 143

书里的虫子　/ 144

书房里的小人书 / 145
香喷喷的声音 / 148
所有的树 / 151
我写了一首诗给你 / 153

后记 / 155

第一辑　抒情诗选

眼前的遗鸥,当你一掠而起的时候

我也无法原谅

你在我心底

点亮了一盏燃烧的灯

古观音禅寺

银杏叶满地,盘旋

孩子们看着她

不出声

可是他们轻盈盈的笑啊

被风

轻轻吹灭

屋梁上摇摆的铜铃

睁开盹眼的铁钟

老和尚回荡在空中的诵经声

和那片金黄色的落叶一样

安静下来

最后只能听见

松针扭动骨头的声音

——原载《飞天》2020年第6期

擦玻璃

我将窗户的玻璃
擦得
一尘不染
新居的阳光真好
我差点儿就以为
窗户上没有玻璃
我差点儿就以为
我可以穿过窗户
走到外面去

——原载《飞天》2020 年第 6 期

过神木黄河段,邂逅一场雨而作

我这一生风霜停留的额头,在而立之年
已经出现了无数裂缝

我被眼前千疮百孔的沟壑——感动了
它们的样貌,多像老年之后
我铜黄的肌肤、岁月流逝的瞳孔

我被眼前的神木——也感动了
一场雨,从河床下找到自己的归属
从有限的水珠,流入无止无尽的长河
仿佛泪水找到了久别重逢
一张白纸找到了诗句
一场雨,让我在这里驻足

仿佛我替自己的命

找对了命运

——原载《飞天》2020年第6期

红碱淖遗鸥

一整天,我们在红碱淖

寻找与它——同色的乐趣:

红色的鞋,红色的衣衫,红色的泥沙

夕阳下,所有的人和景,也趋于血红

一只孤立行走的遗鸥

红色的小爪,红色的小嘴

泰然自若的样子

与远处湖畔亭亭玉立的少女

气息相近

眼前的遗鸥,我无法原谅

你对世间的一切熟视无睹——

对辽无边际的天空

对万众瞩目的红碱淖

对追逐你的少女

眼前的遗鸥，当你一掠而起的时候

我也无法原谅

你在我心底

点亮了一盏燃烧的灯

——原载《飞天》2020年第6期

亲人们

身边的朋友一次次向我

倾诉

她的父亲老年痴呆

她的母亲失忆

不记得任何人和事

她的父亲,打人,砸东西,经常走失

她的母亲,喜怒无常,时哭时笑

她的父亲,越来越像

刚刚从另一个世界变回来的人

听完这些,请原谅我的自私

我想起我

被各种疾病缠身饱受折磨的双亲

此刻，我迫不及待地发去短信问候

只想确认他们

依然健康活着

只想确认

我依然是这世间

最幸福的孩子

——原载《中国作家》2020年下半年"仁美文学专刊"

错过

错过考研

错过最好的爱情

错过成为富翁

人生中所得所遇

都一一错过了

这些

都不足以

悔恨

终身

最令我无法释怀的

是每一天早晨醒来

能听见那么一点儿鸟鸣

以及有那么一小会儿

弥留在我耳畔的

回声

　　　　——原载《中国作家》2020年下半年"仁美文学专刊"

回声

一直想以谷中空荡荡的回响
唤醒眼前驯鹿人。允许他
在茫茫原野上
酣睡一会儿,懒洋洋一会儿
漫无目的地甩鞭

所有的风吹草动
对于那只和我结缘的小鹿来说
都是一阵剧烈的内伤
犹如一根利刺从心田
一擦而过

——原载《中国作家》2020年下半年"仁美文学专刊"

纳木错的马

一匹马在草原上站了很久,与平原一起低着头
马很绅士地吃草,时不时仰起头来看蔚蓝的午空
云朵甩着尾巴,驱赶苍蝇。风吹来,它一动不动
把自己雕成枣红的野景。有人走过,车驶过
它也不愿意随波而走,或者避让
它在享受这片草地的臣服,欣赏自己在湖畔的倒影

——原载《西藏文学》2020 年第 6 期

鹿柴

秋高气爽的秋天在驯鹿人的甩鞭声中
盛开了。蒲公英也在鹿蹄下娇弱地盛开了

风在地面打旋。在驯鹿人与皮鞭之间,以另一个世界的歌声
掩盖黄尘中诱人的远景

我待在原地。拾起落叶
——那一枚枚掉在地上不经意的凉意

——原载《星星·诗歌原创》2020 年第 12 期

驼铃

铜与铁碰击的铃声,听上去一声比一声遥远
我认得出那些骆驼,在我还是一个孩子的时候
我和它们打过善意的照面

沙漠中被阳光覆盖的蹄印,常年空着
现在只剩下腐木在响,风沙在吹

在别人的故乡,骆驼与阳光
是一地多么奢侈的黄金

——原载《星星·诗歌原创》2020 年第 12 期

转经筒

转吧,穿越在青藏大地上的鹰。转吧
默默爬行的藏蚁,朝圣路上庇佑万物的神

我一直深信,仓央嘉措是我们
尘世间一切纯净的物灵。他秘藏在所有人

呼吸与行走的间隙,闭目和养神的刹那……
转吧,用那带有磁铁的轴

转响牧羊人口里铜色的风声,转动藏羚羊奔跑的情影
转醒六世达赖睡眼里迷失的黄昏……

转吧,这古老的情歌,失传的藏文
金黄的经筒转了一天,多像在我手里转了一个世纪

——原载《西藏文学》2020 年第 6 期

远古时期的爱情

习惯幻想你还在身边。隔着这些岩画
我又想起你。想起你养过的动物
如今只剩下我一个人
阿拉善边疆，无人领养

多么希望我也充数其中
一只鹿，一匹骆驼
一头盘羊或者牛
只为能够活成你手里
一遍遍爱抚的宠物

——那些熟悉的画面
你对待它们温柔的样子
也是曾经对待我的样子

——原载《绿风》诗刊 2021 年第 2 期

大风歌

我们在风中一遍遍细数古老的游戏。多少张弓
多少只长角的鹿，多少个猎手，多少个善良的牧羊人

谁也没想到风会如此认真。它拂过引弓搭箭的耳迹
用婆娑的歌舞诵响六字真经

它拂过背负忏悔的箭头，拂过小盘羊樱红的眼睛
拂过刽子手颤颤滚动的心

风啊风——如果这个世界只有一种姿色
可以将时光冻僵
所有的原罪都是我的。所有的风向标
都吹向我

——原载《绿风》诗刊 2021 年第 2 期

秋天的童话

在童话里
我始终不知道,猎鹰是个好东西
我始终不知道,藏獒也是好东西
远古时期,它们成为牧民心中
与铁质一样,唯一让大地窒息的角色

在童话里,如果你
也能成为某种意义上的
好东西
我会在最爱的秋天
慢慢合上眼睛
带走你唇边斑驳的光影
再将它们无情分离

——原载《绿风》诗刊 2021 年第 2 期

生活赞歌

每当生活拮据之时
总怀疑自己是一袋多余的空气

是谁将我丢在风中
又是谁将我提在命运的手里

扔下我的,让我在垃圾桶里寻找富有的替身
捡起我的,让我在金山银海之间羞于自卑

——原载《江南诗》2021 年第 3 期

十月十六日与吴若轩兄游太湖

其实有很多东西都是好的,譬如太湖
它是人类馈赠给尘世绝美的反面。譬如一个人漂泊在外
有很多诗句可以潜回故乡

其实有很多遗憾都可以在风中拒绝,然后再被拒绝
稗子的一生过于低矮,麦草的一生大于浪荡
但是你,兄弟!我们站在运河之上
要像古人一样深叹:
逝者如斯,来者不往
不必掏出河山的全部,只为抵挡一条洪流
过去的事,就让它过去吧
翻滚的情,就让它翻沉吧
每一粒泥沙都有自己深浅不定的远方

我们也有。我们的方向在长满厚皱的手心
在命搏一世的航道

——原载《江南诗》2021 年第 3 期

在天竺山

时常惊叹：身体有时
会像松针一样疾驰，从涓涓山涧落下来。仙都缥缈的雾
包围着另外一个自己

坐立不安的石阶，不知何年何月，已经滋长
树木的年轮。青苔和野菊伴着流水的声响
巍巍颤颤地对话。木耳的眼睛紧张地偷听了几句

风像一个顽皮的孩子，掠走诗客们心中
酝酿已久的玩具。赞美和遗憾
时不时从石缝里蹦出来，丢给碧空万里

——原载《江南诗》2021 年第 3 期

旅馆

窗外倒立着天空金色的树。火车像云朵上掉下来的
没有裂痕的缺口。今夜我和蝙蝠们在一起
为黑暗低歌。岩石紧缩着四个手指头
墙面越来越和去世十年的老祖母脸庞吻合
空荡荡的钟,和路灯交杂在一起。月光下
茶香沸腾。吹笛的女旅客,住在我左手隔壁
她一只油铜色的乳房,掉在被外。忧伤满面
吹出空荡荡的回声

谁家的猫突然蹿到桌面上,茶杯翻滚。它一直在鼓足勇气:
轻手轻脚,溜进女旅客滚烫的被角

——原载《江南诗》2021 年第 3 期

借东荡子诗句,怀念一个去世的敬姓朋友

> 朋友要用一生才能回来
> ——东荡子

脱壳的蝉为什么悄无声息地走了,晨霜头也不回选择逃离
夜莺为何一声不吭,南雁隔夜之间一去不返

昨天坏掉的门铃依然在响,我以为你还活着
雪一直下,下了五个时辰。灯一直在走,走在夜里

看在上帝的份儿上,我原谅了泥做的石头
可从来没有人肯原谅,我仍苟活在这珍贵的人世

——原载《江南诗》2021 年第 3 期

选择

我选择睡去,意味着会醒来
我选择活着,也意味着会死去
我选择爱你,也意味着会叛离
我选择坚守,也意味着会不告而别

但最后,我没有勇气
在凌晨
醒来、死去、叛离、不告而别

这些命运多舛的船,和我一起搭上野火烧不尽的车

——原载《江南诗》2021 年第 3 期

光影

在巴丹吉林,我捉到一首与你有关的诗
想让秋风邮寄给你

已经一个月没见面了,透过石头上的人形
我看见了你。它们和你的手心一样
透心冰凉,布满质感与棱角。我摸着阳光
却无力将你余存下的热量悉心收集

在沙漠行走了三天两夜,没什么可以阻止我去寻找
一个和你一样安谧的静物
就像黄昏落日,就像远逝的空瓶
悄悄吞下秋天
再悄悄吞下爱情的苦果

——原载《星火》2021 年第 4 期

秋日的果酱

是时候了,我们一跃而起
把暖阳的重心,一寸寸铺在脚下

秋风掠过荒原。敌人携手秋天
悄无声息,将眼前最后的金黄果酱
掠走了。扑通扑通的心
——也被掠走

灰尘迷了眼。当我掠空而起
所有不经意的挣扎,成为别人
以及我的孩子——余留在空中
最后一眼黄金的绝唱……

——原载《星火》2021 年第 4 期

和声

和上一阵轻轻的佛音,一午暖阳
和上石龟背上断裂的古壳,老和尚关门的隙缝

和上秋天脱骨的掌纹,大殿外轻捻轻挑的灰烬
和上风,和上你夕阳下眯着的眼睛

和上蚂蚁的经文,和上塔尖舍利的年轮
和上高山流水,和上默不作声

和上你走后不断回望的头
和上你在我耳畔轻轻说话的回声

——原载《鸭绿江·华夏诗歌》2021年第12期

黄狗食月

儿时
奶奶说
如果我用手直指月亮
月亮会在夜里
割掉我的耳朵

我不知哪来的勇气
顶了一句：
要是它敢
咱家的黄狗
会吃掉它

——原载《鸭绿江·华夏诗歌》2021 年第 12 期

回声

有人敲门
我小跑过去,但是没有人

有人喊我
我不敢回头,也从未回

我的身体里养了一只很大的兽
每一天躲在声门的后面,阳光绑着我

声波有时很像我大伯心情不好时,吸着的烟斗
它会驾驶蜻蜓,从另一个世界来陪我

很想知道谁在说话。此刻又有人

从屋顶落下内心空虚的砖瓦和灰尘

我瞥见一只老鼠在燕窝外,深情回味
一只母猫"嗷嗷"的叫声

——原载《鸭绿江·华夏诗歌》2021 年第 12 期

听见

不止如此,数不清耳朵醒来了多少次

在月光的冷霜里
从蛐蛐受伤的身体里

村庄的石板屋檐上,青苔召唤
半夜雨鸣,落花的声音变奏为凌晨的绝唱

次次虚醒,枕边留下两行湿漉漉的信物
惊喜之余,发现她刚刚离开不远

我不清楚是哪一个方向发出的暖音
但我知道

我的身体里某个人一直在等我
打开声门

——原载《草堂》2022 年第 1 期

海拔

我见过的最高的海拔

就是你

在我面前

轻轻踮起脚尖

——原载《草堂》2022 年第 1 期

童年的木耳

正如我想象的那样
木头上长满了银黑的耳朵。正如我的童年

儿时,我在柞水
这块神秘的地方,丢了两只耳

妈妈指着院子后山
密密麻麻的木头架说:
"你的耳朵就在树上
它们在和你玩捉迷藏
去找找吧"

我信以为真——
我在这里找了很多年

——原载《草堂》2022 年第 1 期

我们这里的农村人

农村人的冰箱，就在地里
每到冬天，他们挖开很深的地窖
将一些果蔬密封在里面
春节过完，里面的果蔬依然保鲜
农村人的空调，也在地里
每到夏天，他们挖开石洞
搭上石板，在里面纳凉，一觉睡到天亮
农村人的洗衣机，也在地里
他们挖开地道，打开石井
将洗好的衣服，放在里面泡半天
待晒干了，所有的衣裳跟新买的一样
农村人的智慧，也来自地里
每当他们犯愁的时候，在地里待半天
一切不如意的事就一下子都想顺了

——原载《伊犁河》2022 年第 2 期

父亲说

一回到老家,我就迫不及待
陪父亲走进玉米地里
陪他锄锄杂草,聊聊今年的收成

父亲二话不说,只管闷头干活
汗水像老实巴交的父亲,一言一语
一点一滴,从父亲额头的沟壑里
流出满地沧桑

回家的路上,步过松林
父亲说,今年的核桃结得越来越少
今年的庄稼已经失去景气
几乎没有多余的收成

父亲还说,庄稼对人是有灵性和感情的
每次下地,他都会微笑着对庄稼夸个不停
在地里,有关收成的事情千万不要打探
也千万不要让庄稼感到过多的担心

——原载《伊犁河》2022 年第 2 期

祈求

祈求，我所有的脚印，在许愿树下开出迷人的花朵
祈求，赐给我爱，我情，我疼
祈求，赠我一双可以疗伤的手，抚平母亲
脸上黝黑的皱。祈求
封我神医之名，医好父亲
常年劳累的顽疾。祈求
把我的耳膜移植到大姐失聪多年的耳朵里
让她听见自家孩子嘶叫的哭声
祈求，我所有饱受苦难的亲人
能在晴空下像神一样壮丽地活着
祈求，祈求我所有写过的诗句
在我醒来之后，都变成真的！

——原载《伊犁河》2022 年第 2 期

童年

在异乡,我看见一小块阳光
照进农家小院
桃花的苞蕾,在雨水中扎营
我就想起儿时,村里烟雨中的春耕

很多年了,我从没有如此
强烈地感受到家园的变迁:
乡下千里良田没了,良田里撒肥的农民没了
农民犁地的耕牛没了,牛背上欢爬的春虫没了
天空中边捉蚊蝇边低飞的花燕子没了
柳树下牧羊的村童没了

很多年了,家家户户忙碌的农事,早已不见踪影

它们已被发达的电器与机械代替
我只记得,那个时候
我爸刚从麦田里撒肥回来。他摘下蓑衣
拉着我满是泥巴的手,唱着欢歌
从我手中接过驱赶羊群的鞭子

——原载《伊犁河》2022 年第 2 期

骆驼

任何人没有理由否定我的旅途。除了
主人的眼泪与生死。我越来越热爱
我留下的每一串脚印。热爱我
满目宿命的故乡和举步维艰的歧途
热爱一路上的商队、驼铃、荒漠、孤雁、信天游
以及鹰的身影、胡杨的躯体
神的皮鞭

自故乡长安出发
我踏上了押运丝绸的不归路。长安的远方
包含着凉州、敦煌、楼兰、安西。安西的远方
包含着许许多多个叫不出名字的他乡与他国

大漠孤烟

模糊了我久不寝眠的双眼。仿佛那些

漫无边际的远方

在它们眼里

也包含了

长安

和整个中国

——原载《延河》上半月·2022"我的家乡在陕西"主题特刊

少年游（一）

以策马天涯、收割闪电的方式
进入一条崭新的长河。时针
在日暮下停滞
余晖在有灞桥垂柳的山岗上
与长安的灯火
告别

起风了。我被眼前盛大的景象
——满眼皆是西征的沙漠
臣服。就像
他乡的蓝天
挤出一道久违的霞光
和铜黄的月亮

安慰我

与闪电一样执着的归心

佛的故乡早已百毒不侵

足以抗衡

少年脸上

整颗整颗硕大的泪水

——原载《延河》上半月·2022"我的家乡在陕西"主题特刊

给你（一）

始终有人将身子
一再而再——降低。低到骨头里只剩下
与骨灰毫无差别的尘埃

始终有人为你踮起脚尖
习惯将暖阳里仅剩的光
倾心收揽

多么美，如此一天
谢谢你包容我，为余生备够泪水
也允许我——在你寸土寸金的疆域
肆无忌惮地驰骋

——原载《青春》2022 年第 9 期

故地重游

一个人,在寒冷中替自己取暖
一个人,在洞内梦游
从波澜起伏的心底,到物是人非的角落

一个人,缓缓地爱着自己——失而复得的
身影。我一寸一寸地爱
爱那些剩风、残月。我一步一步地爱
爱这些千奇百怪的鬼斧、神工

也许我爱得太快了。我把二十年前的自己
丢在了这里。任凭我如何拖延时间
任凭我内心如何挣扎
我也无法将

童年的那面墙

刷新一遍，重新来过

——原载《青春》2022 年第 9 期

听声

有一个声音
我一直在倾听

它遗失在一封封邮至远方的信中
或在一本本从未打开的书里

春风也做出一副倾听的姿态
每一捻灰烬的形状,都是我自卑的形状
每一片闪烁的火焰,都是我执着的火焰

列车呼啸而过,站台很静。铁轨是火车的读者
它敞开手掌,迎接火车幸福的蹂躏

一阵阵剧痛

碾压着我和一株野菊痉挛的耳朵

——原载《延安文学》2022 年第 3 期

野葡萄

你曾说,葡萄是个好东西。葡萄的肉体
那么多,糖和酸,铁与钙,正是你
身体里所欠缺的……它与我,共同构成
太阳的阴晴,夜晚和你,彼此的圆缺

这么多年,你不爱喝葡萄酒
吃葡萄不吐葡萄皮。这么多年
你不爱运动,一直缺铁与钙
直到牙齿开始老掉
你闻见了血,葡萄的汁液

你曾说,想吃山上的野葡萄。说完这一句
嘴里酸酸的,眼睛酸酸的

亲爱的，我的心里，也有一股潜伏的人生
它们的味道，和葡萄一样
是冰与火，混合的糖果

你曾说，我是一只偷吃葡萄的狐狸
那么好……我情愿自己
在你，弯弯曲曲的命里，它可以四处奔跑
它流到哪儿，哪儿就会变软、变酸
甚至变成你身体里所欠的
铁与钙

——原载《延安文学》2022年第3期

声音是什么

它肯定

不是天空的声响

不是大地的震动

更不是每一天

听见的情话　假话

愚话　废话

也不是每一刻

看见的春花　秋月

南燕　北鸿

它不是光

因为它没有身影

它不是水

因为它没有形状

它不是空气

因为它有迹可循

它不是春夏秋冬

因为它有自己独立的内容

声音无孔不入。它

时时刻刻围绕着我

生活。它是

一个失聪多年的诗人

仅剩的耳膜

它是

我

以及

我一生都在寻找的

真理

——原载《延安文学》2022 年第 3 期

给你（二）

请接受我迟来的爱吧

也请接受明天疲惫的歉意

它和一阵风一样一尘不染

只是它带给我们的问候

不如一场日落完整

回想起来，那一天多么空多么旷

我们走在校园，不忍摘下一朵朵尚未

怒放的花朵。但是我

小心翼翼摘下了你

藏在手心最鲜艳的那朵

但愿往后，风结成蝶

雨落为尘,海枯石烂

我们依然能够

守着原来的样子

从十指相连牵到双手相拥

从两颗小小的心融进一颗巨大的心

也但愿百年之后

我们彼此的距离

刚刚好到

像一根针那么细

又那么坚韧

——原载《延安文学》2022 年第 3 期

春天里

春天里，那么好

我从这里带走：四年书香

蝶蜜，和山水青衣

我从这里埋下：多角的森林

千年积雪，和仙人遗迹

我从这里汲取：美，雾霾的白疮

王维的呼吸

我从这里领悟：每一刻激动的晨读

每一滴柔情的露水

我从这里摘回星辰，骗走月亮的芳心

我从这里邂逅每一处云烟，巧遇每一只迷路的灰鹤

我从这里离家暂走,在许多年之后

多年后,一只长着皱纹的蚂蚁还会活着
我在这里像一个盲人,摸着一条空荡荡的路
我的灵魂一直被命运提着,在空中走
这里经常有一些鸟儿落在梧桐树上
桂花遗落,青藤欢叫。要是我有生之年
还能走在这里,那该多好

——原载《中国校园文学》2022 年第 35 期

被一条鱼仇视的冬天

结了冰的缸里

一条不大不小的草鱼

一动不动

眼珠子

也目不转睛

直到阳光

一寸一寸铺射下来

冰

也一厘一厘融化

它像人一样

真的像人一样

长舒了一口气

将头露出水面

吐泡泡
泡泡越吐越大

一整天
它都在用带血的尾巴
不断拍打
像冰一样
厚厚的
玻璃

——原载《诗选刊》2022年第11—12期合刊

鸡鸣

失聪之前，喜欢听的声音。至今唯一
记得最清晰的童年轮廓：
打钟的神在房梁溜嗓

——原载《青年文学》2022 年第 10 期

百年之后

请鹰把我的名字,搬到天空

请花草把我的墓碑,搬到蚁和人都迷路的深山老林

请蚂蚁把我的尸体,搬到鹰看不见的洞府

请所有的大路小路把我的骨骼,搬到每一个面海的阳坡

请陌生人再把我的情人,搬到玫瑰庄园。请她看一看

那醒目的刺,那残红的血。请她看一看我娇小的一生

——一生的痛楚

——原载《北方文学》2022 年第 11 期

给你（三）

我需要一列火车，驶入我即将残老病死的身体
我需要一场爱情，赏读异乡的风花雪月

我需要醒来，我需要沉醉。醒来时，你尚在
沉醉时，你尚美

我需要弯曲的年月、无人知晓的陪伴
我需要更多的蝴蝶在飞。我需要草木植物、阳光，以及睡满古屋的残灰
我还需要一些少年清心、暮年的幻觉。我还需要一些旧社会馈赠的单调底色
以粉饰你的——悄然降落
就像一尊神像拈花笑对落日时，所掩盖的衰色

当我什么也不再需要了，我就祈愿

你瞬息万变的一生

能够在我的田野里自由脱缰，能够在我的池塘中默不作声

我最后的需要：一场迟暮的完美

当你失忆，我挽扶你时，你正好脱口而出：我需要你

——原载《北方文学》2022 年第 11 期

起风了

以余晖拍打岩石的方式

进入一条崭新的河流

时针,在日暮下停滞

起风了。被眼前盛大的景象

臣服。我以远眺

重温泪水的方式,在这里欢跃

起风了。它激起

落日与岩石

擦响的水花

同一阵持久空旷的海风

夹持另一阵

火山以下的

静

与动

——原载《北方文学》2022 年第 11 期

少年游(二)

忧郁的少年来到田野。晴空带走了三月冰雪
一整片树林,被寒霜凌乱的内心
无情冻结

被风冻裂嘴唇的少年摘下眼镜。初春的新绿
挡住了他的视线。椿树梢顶,喜鹊
在深情地修补明年的巢穴

葱绿的田野,丰腴的山岗,冒出新芽的椿蕾
……这些,都是从前
雪花留给山川的遗产

我认识的那个少年

他不这么想

忧郁的少年，揉了揉双眼

收起暮色的倦容

把麻庄的一片片田野

从早到晚，从大到小

唠叨成另一片

如玻璃一样

易碎的坟场

——原载《北方文学》2022 年第 11 期

它世界

一条绳子
连着两个灵魂:
大人和狗

我向往的
不是做有趣的狗
也不是做有趣的人
而是做
一条
没有形状的绳子

——原载《延河》2022 年第 12 期

荷颂

风中满眼全是你的靓影
你满眼全是含苞欲放的露珠

有些苦难,必经一些鸟语、蝉鸣、风吹、雨淋
才能迎来有触角的盛夏,黄绿红白的浓妆
迎来两袖清风的蜻蜓,清水出芙蓉的你

晚霞嚼着你的衣襟,与昨日暂别。你展开臂翅
将这个夏天赠予的绿藻、蛙鸣、仙露、琼浆
闪电、繁星、童谣
将大自然所有与美有关的馈赠
——埋入淤泥之中

就像你来时，带着满腔碧血，满腹经纶，良田百亩
就像你走时，两手空空，依旧什么也没带走

——原载《飞天》2022 年第 12 期

小镇

我生活了十几年的小镇,人们叫它户垣
这里交通受阻,网络微弱
从来不会有火车驶过,但飞机时常在林中
迷路。小镇很穷
除了蓝天绿水,什么都不剩
穷得只剩下蓝天绿水
这里的人,活在盆地一样的山沟
四周抬头,除了苍天黄土,就是群山环绕
春节来临之前
家家户户的院子里
堆了很厚的积雪。还有那
很深的夜里,睡不着的人,都能听见
有耳朵的星星
一颗一颗往山里落

——原载《伊犁河》2022 年第 2 期

去卧虎岭

去卧虎岭,带上山岗上孤傲的手杖
带上高山流水、日月星辰
带上即将与这个盛夏
擦肩而过的凉风

去卧虎岭,去商山仙宗的故乡,去洛水神祖的故里
去朝霞与夕阳的老屋
去爬满蛐蛐与紫云英——宝藏遍地的草丛

去卧虎岭,带上刷新的日历,带上万里晴空
带上铺满绿荫的阡陌小路
带上我激动万千的泪光
以及滚烫的汗水下
我不知所踪的脚印

——原载《飞天》2022 年第 12 期

第二辑 口语诗选

我一生的诅咒
不是用尽一生
寻找声音
而是
忘记声音

裂缝

只要我稍微听见一点声音
哪怕是轻轻的微动
哪怕是一瞬
我就有这样的错觉
下一分
下一秒……
我很快能听见了

那是生活里的光
从另一个世界的裂缝
努力为我凿出来的
小
地
方

——原载《青春》2022 年第 9 期

遗址

带外甥女游蓝田猿人遗址
路过蓝田猿人头骨出土处纪念碑
她说：
"要是我
前几天把自己
刚脱落的两颗牙齿
埋在这里就好了。"

——原载《延河》2020 年第 10 期

特异功能

七年前在南稍门

大街上的小偷

准备摸我口袋里的手机

数次没有得逞

虽然失聪

但我的触觉

时刻提醒着

它在我的皮肤上

种了千千万万只

小耳朵

——原载《延河》2020年第10期

课堂上讲给孩子们的童话

为了长得更帅
更灵光一点
能够让所有的小伙伴
一下子就喜欢我
我将这一生平稳到站的机票
私自改了航班

结果——大家都知道了
上帝嫌我不听话
他摁死了
我耳朵里喂养声音的
巨兽

——原载《延河》2020年第10期

摇篮曲

最近睡得特别香

耳畔常伴莺啼之音

醒来细想

原来是

连续几天

耳朵里堆积了太多

电钻的嗡鸣

它们在夜里

汇成音符

为我弹奏

神曲

——原载《延河》2020 年第 10 期

我拉黑了两个旧友

他们以为
我这情况
就可以
当着我的面
挑拨离间

殊不知
唇语
才是我的第一语言

——原载《延河》2020 年第 10 期

总有一个人,一开口就能将我喊疼

小学文化的母亲
无师自通
学会了玩微信
她第一件事
就是加上我
喊着我的小名

——原载《延河》2020 年第 10 期

父亲

在赶路
装在口袋里的电话
响了
我才发现
忘记锁屏
不小心
按了十几个随机电话
他们
有的没接
有的接了但见我不说话就挂了
有的微信上问我事因
只有一个人
永远只有这个人

会一遍遍打几次电话

直到确认我

是真的

不小心按错了

——原载《延河》2020 年第 10 期

赐我以名,又立我以誉的那个人

在任何地方,别人喊我左右

但在我们村,村人总喊我左聋子

对于这个俗称,我习惯了

并以微笑回应他们

我们一家人也习以为常,并将它当作

村人友好的象征

但有一次,村里办婚礼

有一个小孩在很多人面前

冲我大喊:左聋子,左聋子

父亲听后火气很大,愤然走过去

将那个小孩狠狠抓住

扔进水沟里

父亲头也不回地离开了

这个场面,镇住了在场的所有人
自那以后,很少有人那样喊我了

——原载《延河》2020 年第 10 期

差一点

刚打开我的耳膜不久,耳朵里的声音就没了
刚打开我的声带不久,嘴巴里的声音也就没了

差这么一点点,就能听到童年最美的声音了
差这么一点点,就能说出最想说的一句话了

我一生下来,还没有准备把命运的喉音听清楚
还没有把壮丽的一生说完整

差一点,还把学业、事业和爱情搭进去

这一生,我耳门上的瞳孔和声门上的复眼
紧紧关闭,死不瞑目

——原载《延河》2020 年第 10 期

失聪生活

我拉了一个群

群里有

音乐家贝多芬

作家海伦·凯勒

发明家爱迪生

虽然我们

群里从不说话

但我们

都知道彼此的存在

——原载《延河》2020 年第 10 期

脚印

小区群里
楼下的投诉楼上：
"楼上的
能不能别每天
穿高跟鞋
走来走去
我每天都能听到
头顶
叮叮咚咚作响
有时感觉房顶
快要塌了。"

我瞬间想到

虽然自己没听到过
也没感受到过
但我知道
每一天
会有一连串
脚印
在我头上
走来走去

——原载《延河》2020年第10期

疼的位置

以前失恋或者失去某个人
身体会疼
有时是心
有时是胸口
有时是眼睛

现在回忆起那些人或事
身体不会再有感觉了
只有拼命去想的时候
脑壳会疼一点

——原载《扬子江诗刊》2020 年第 5 期

鸣谢

与朋友高铁站分别

突然想起

这些年他对我的帮助

我绕开围栏

冲着他的背影

扯了两嗓子

但很快泄气了

原本准备了好久的致谢词

发出的却是一阵

低鸣

——原载《扬子江诗刊》2020年第5期

最动听的歌

小学生邵佳熹
得知我对声音
一点儿感觉都没有的时候
她难过了一会儿
突然喜出望外
让她妈妈打开车里的音乐
与我分享她喜欢的一首歌
她一边听
一边用小手
和着节奏拍打我的腿

——原载《扬子江诗刊》2021 年第 3 期

同病相怜

被安排与司机同屋
一番寒暄之后
我不好意思地提醒他:
"我睡觉打呼噜
你需要比我先睡。"
他也不好意思地说
"巧了,我也是。"
"那我更不好意思了
我听不见呼噜声
但你
就糟了。"

——原载《扬子江诗刊》2021 年第 3 期

无声的生活总让我感到羞耻

楼上搞装修

电钻

以迅雷不及掩耳之势

一寸

又一寸

凿开我

耳膜上的裂缝

——原载《扬子江诗刊》2021年第3期

幻听

我总听见
我紧闭的嘴巴在发声

大街上总有人不断回头
观察我的口型

——原载《鸭绿江·华夏诗歌》2021 年第 12 期

失语是我这辈子最大的疼痛

去包头工地之前
他趁我午睡
买了一袋核桃
放进我的包里
等我醒来
他匆忙走了
我追到公交站
他正笨拙地拖着行李箱
在车厢里走动
我想大声喊一声：父亲，等等我……
但嘶哑的声音
像一块冰冷的铁
紧锁着我数十年挣扎的喉咙

——原载《鸭绿江·华夏诗歌》2021年第12期

唇语：分手信

她什么也没说
只是张了张嘴
又把话咽了回去

我懂了
很多时候
想和我说话的人
也只能这样

——原载《青年文学》2022 年第 10 期

怪癖

虽然听不见声音

但有时

夜深人静

因为孤独

也因为

害怕上帝

把我遗忘

总想在

无人的房间

制造一些

声响

比如

踢踏踢踏的脚步声

耳朵里虚构的嗡鸣

骨骼与铁质碰击的火花

身体与床摩擦的微动

——原载《青年文学》2022年第10期

而立之年

我所谈过的几段爱情

大都

始于

才华

终于

我听不见

丈母娘

不同意

——原载《青年文学》2022年第10期

有声音传来的地方

每天
我所能"听见"的
唯一的
内容
是脚下的大地
在颤颤微动

它从地层的深处
传向地面
再传向我的脚下
让我真真切切
感受到了
声音的存在

那个地方

是我

终其一生

也无法抵达的

另一个世界

——原载《青年文学》2022 年第 10 期

诅咒

我一生的诅咒
不是用尽一生
寻找声音
而是
忘记声音

——原载《青年文学》2022 年第 10 期

我多么想听见那些该死的声音

失聪二十年

从未戴过助听器

几日前，由妹妹陪同

去民乐园的助听器店测试听力

久对声音麻木

已经不知声音为何物

当助听器内发出一阵刺耳的声响时

我误以为，我听见了声音

激动得抱住妹妹

测试员说：别急，那只是震动

——原载《中国校园文学》2022 年第 35 期

我很震惊她天才般的发现

有个小女孩

在天空城网站

写信给我

"左右叔叔

妈妈说你听不见声音

是因为你

从小没有耳朵吗?"

"我们班有个小孩

没有腿

有一次他从医院回来

他的腿也飞了回来

现在能走路

让我们也去一趟医院吧!"

读完信

我像孩子一样

笑了起来

我的脑海里，有千千万万只小耳朵

正从医院向我飞来

——原载《中国校园文学》2022 年第 35 期

声响

北京

深夜

躺在床上

总感觉有什么

在响

是风在呼啸

床在异动

还是地板里在撕裂?

是隔壁在打呼噜

院子里的猫在私语

还是有人在敲门?

不是。这些都不是

我扳动手指

扳了一个时辰

将它们一一否定之后

我才发觉

是乡愁

是故乡

在轻声

呼唤我的小名

——原载《阳光》2022 年第 12 期

母亲的身份

母亲做了一辈子黄土地里的女工

收割玉米,播种稻麦

也是村里的兽医,小镇上裁缝店的员工。小时候

她给村里的小猫小狗治病

从不收钱。每逢过年给亲戚的孩子买花布做新衣,是小孩们喜爱

的姨姑

给村人检查身体,是老人们信任的女儿

农闲时,她是邻居最忠实的听众。无论刮风下雨,相约赶集

纳鞋底,缝补衣服,从不间断。直到天黑

她才依依不舍送走那些异姓姐妹

有时候,她信佛

她是父亲的仆人,一天到晚、现在依旧

为早出晚归、脾气暴躁的父亲

脱去满身酒气的衣服，做父亲喜欢吃的饭菜
也为我们四个子女，做做手工，挣一把闲钱

长这么大，我这辈子最不能释怀的
她也是我的母亲
院子里所有的孩子中，她独不疼我

——原载《阳光》2022年第12期

父亲在北京的雨中奔跑

像一个急着踩醒每一场雨的孩子

又怕雨水溅湿路人,轻轻挽起裤腿,提起鞋子

光着双脚

穿过骨感的大街

父亲将我丢在电闪雷鸣的雨中,像一头温柔的猎豹

不慌不慢。既不踩疼每一个回家的人

也不吓退每一个来往的车辆

他微笑着回过头

一边提醒我注意有积水的马路一边喊我快跑

——原载《阳光》2022 年第 12 期

起风了

可能是

第一次坐高铁

可能是

见到了一架比自己平时拥有的模型

大好多倍的火车

也可能是因为风的缘故

小男孩激动得

推开人群

丢掉手中的奥特曼

又激动得

将它轻轻捡起

从书包里

拿出纸风车

推着它

驶进车厢

——原载《阳光》2022年第12期

苹果

朋友送了两箱静宁苹果

每个苹果上面印着我的图像与名字

送出去了一些

吃掉了一些

仅剩一个存进冰箱

当我想起它的时候

才发现

已经不见了

上次我妈来帮我干活

临走前

她拿起苹果

左看右看

看了老半天

我猜

肯定是她

带走了

她好几个月才能见一面的儿子

——原载《阳光》2022 年第 12 期

惊弓之鸟

时常有人
总在我
旁若无人地
写作
吃饭
上课时
猛拍我的肩
虽然他拍我
根本没有什么事

——原载《延河》2022 年第 12 期

游泳池观景速写

一锅
狗刨泳
潜泳
蛙泳
仰泳
混合泳
的饺子
在
沸腾

——原载《延河》2022 年第 12 期

他们总在我毫无准备的时候
毫无忌惮地谈起我的命运

他们当着我的面
说起我的时候
总是一阵叹息
他们说起我的时候
总是唾沫飞溅

——原载《延河》2022 年第 12 期

诈骗

每次遇到诈骗电话

我都会接

我只接听

不说话

任他们在电话那头

滔滔不绝

有的甚至

对着我

说了一个多小时

——原载《延河》2022 年第 12 期

一个交谈甚欢的下午

路遇两只鹦鹉

它们很安静地立在杆子上

我对它们说了几句

它们也对我

说了几句

我挺高兴的

虽然我平时吐字不清

虽然我也不知道

我们都说了什么

——原载《延河》2022 年第 12 期

兽啸

自从我

在电话里

用非人类语言

(也许是兽语)

对着手机

大吼了几声

骗子们仿佛受了惊吓

纷纷投降

从此收到的诈骗电话

约等于

无

——原载《延河》2022 年第 12 期

失聪生活

不戴助听器的日子
像活在
一个比野人时代
还要久远的时空里

我已经有很多年
没有感受到
耳畔有
风吹
和草动
虫鸣
和呐喊

——原载《延河》2022 年第 12 期

掏耳朵

"你听不见
掏耳朵
何必多此一举。"
我再次想起这句
别人讽刺我的话

上帝赐给我一双耳朵
不仅仅是为了让我听见
也是为了让我
和其他人一样
享有掏耳朵的权利

——原载《延河》2022 年第 12 期

蜜蜂的世界

自我失聪以来
嗡鸣
就是
我感受到的
声音的全部

全世界
所有的声响
所有的人话
像蜜蜂一样
在我耳畔
嗡嗡作响

——原载《延河》2022 年第 12 期

撒尿权

虽然后来

我的膀胱炎

不治而愈

但至今

我对上帝无法原谅

儿时

读私塾

听不见也罢了

连举手

发言

去一趟厕所的权利

都没有

——原载《延河》2022 年第 12 期

第三辑 童话诗选

我写了一首诗给你
可能,就在我落笔写完的那一刻
它早已蹑手蹑脚
进入了你的梦中

大风车

大风车趴在沙滩上捡贝壳

后浪推着前浪,夕阳推着晚霞。贝壳的小书包里

装满了珊瑚、水母,装满了笛声和渔号

还装着我嘴里吹大的银色泡泡

大风车在麦田里奔跑

麦浪踩下的音符,多像外婆经常忘词的歌谣

蚂蚁结队欢唱,布谷扬声高歌

我闭上眼睛,一遍遍抚摸杏花与泥土混酿的酒香

大风车在荷塘里打滚

白天它枕着太阳探究十万个为什么

深夜抱着月亮追问一千零一夜

到了晌午，它坐井观荷，和贪睡的青蛙没有什么两样

大风车光着脚丫坐在树梢
大树牵着小树，牵牛花缠着南瓜花。它们小小的手里
开着春夏秋冬四种小花。它们小小的手里
似乎还握着我小小的童年

——原载《少年文艺》2020 年第 2 期

尖尖的夜晚

群星尖尖

晚风尖尖

树梢上的月亮

也露出了尖尖的小牙

在这尖尖的夜晚

万籁寂静

月亮像贪玩的孩童

悄悄潜入草丛

它脱下金黄的衣袍

蹑手蹑脚

在池塘里嬉戏

它一会儿

随游鱼忽上忽下,东蹿西跳
一会儿
安静了下来
围着刚露出水面的
碧玉一般的小荷
游了一圈
又一圈

它一定是在
月宫里见过这些奇珍异宝
它一定好奇又惊喜
这些繁星一般的东西
怎么会坠落人间

它一定是
想起了自己的主人嫦娥
一整个夜晚
它用尖尖的脑袋
围绕着这些尖尖的小荷
像发现了新大陆一般
在深思着什么

——原载《少年文艺》2020 年第 2 期

在黎明来临之前

夜晚挺拔得寂静,四周葱茏

树林里,枫叶树下

一群蚂蚁静静守着一只蚂蚁的亡灵

大地口吐白霜,露珠颤颤微动

树洞

是皂荚树补不完的窟窿

猫头鹰将半个身子埋在其中

聆听远方撩人心弦的笛声

群星掉进荷塘

是荷塘里碧绿的精灵

一闪一闪盯着波光粼粼的河面

河面上的小星星盯着

小狐狸、萤火虫

小狐狸盯着夜莺

萤火虫盯着七星瓢虫

你盯着我，我盯着你

没有人轻举妄动

也没有人闭上眼睛

他们潜伏在

黑不见底的森林起伏不定的呼痕之间

蚁群在石桥下，为迎接黎明

提前站岗放哨

青蛙坐井观天，为黎明的悄然抵达

准备一展歌喉

有风吹来。一棵树

朝另一棵树的肩头，在风幕下慢慢靠拢

——原载《少年月刊》2021 年第 7—8 期

无与伦比的风

我在等

一阵从森林的指尖溜出来的风

它从山坡上迎面吹来

只要它轻轻爬到我的窗前

我就可以施展爷爷花了很久的时间

教给我的那些秘密

比如

我可以让风筝代替我飞上天空

飞得比孔雀开屏还要万众瞩目

比如

我可以让帆船代替我驶向大海

行驶得比这座小岛上的任何一个地方还要远

比如

我可以让小蚂蚁代替我跑向田野

跑得比豹子的线条还要优美

其实
我在等
一阵从春天的树梢打滚而下的风
让神奇无比的风施出自己花了很久的时间
才学会的那些魔法
让它吹过爷爷的脸颊
暖暖的风夹杂着阳光的香味
轻轻一吹
爷爷失明已久的眼睛
就睁开了
这样爷爷就能看见我
放在广场上空的风筝
漂在溪水畔的小船
养在玉米地的蚂蚁
最重要的是
爷爷还能看见一个
掉了两三颗牙齿的小孩
在捕捉一阵绿色的风

——原载《少年文艺》2020 年第 11 期

风来了

风筝

在空中奔跑

孩子们

铃铛般的呼声

也在狂奔

我坚信

春天之所以悄然来临

不是因为

春天载来了风

而是奶奶

从陈旧的屋檐

摘下去年的风筝

蛛网破裂的声音

载来风

你听
大地上所有破土而出的小精灵
都在暗处
酝酿自己的脾气
在每一处有光的裂缝中
倾吐
自己的呼吸

忽——忽忽——忽忽忽——
风来了

——原载《少年文艺》2020 年第 11 期

风铃

挂在窗前的风铃
随风晃动
那声音
真好听

它们左舞右蹈的样子
就像门前
刚放学回来的稚童
他们从幼儿园
把挂在脸上的笑声
和含在心里的糖
带回了家

——原载《少年文艺》2020年第11期

书里的虫子

在书店翻开一本书

看到一只活虫子

在书海行里攀爬

留下很多我看不懂的读书笔记

我想它肯定是虫博士

看的书,比我多

走的路,比我长

我瞒着所有人,买下这本书

我想把它养着

养成爱因斯坦爷爷那样

——原载《中国校园文学》2021年第24期

书房里的小人书

书架上

闲置很久的小人书

千万别

寻找书页上发黄的小洞

千万别

拍打它身上的灰尘

千万别

让阳光滋长手脚

偷偷溜进来

千万别

对它大声说话

一个字也别说

小人书里

有大人

有小人

也有小虫子

这些虫子

夹在缝隙里

打坐念经，闭关修行

总有一天

它们会成精

成为小人书里的

宠物或巨兽

修行时间够长的话

它们会成人

成为小人书里的

英雄或恶魔

夜深人静

它们会轻轻轻轻

打开书页

随风潜入夜

躲进主人的梦中

躲进梦中的无底洞

如果它们心情足够好的话

还会再帮主人赶走

噩梦

书架上

它们已经在无人注意的角落

躺了许多个黑夜

当你进入书房

你要假装

没有发现它

如果你不小心碰见了它

或者它不小心咬了你一口

你还要假装

露出洁白的小牙

告诉它：不疼

——原载《中国校园文学》2021年第24期

香喷喷的声音

一个失聪的小男孩问妈妈

森林的声音,是怎么样的呢

妈妈不假思索

——你看

漫山遍野的绿叶与鲜花

只要有风,它轻轻一吹

声音就来了

手舞足蹈,很好看

波浪起伏,又好听

小男孩饶有兴致地盯着满树的香蕉

那声音的味道,是怎样的呢

是涩涩的吗

——不，那只是

没成熟的声音

等到了秋天

它就熟了

是所有的果实

咧嘴龇牙开心的味道

而且

还带着金黄的香味呢

妈妈，那么多弯弯的香蕉

真像大地的一个个小耳朵

要是我有满满一树香喷喷的声音

就好了

这样我可以从

春天

夏天

听到秋天

冬天

——那我们一起去种

一棵香喷喷的香蕉树吧

我可以选一棵带着

金黄的
有妈妈的味道的吗
——你看
风来了
它们听见了我们的对话
在点头、鼓掌呢

——原载《少年文艺》2022年第1期

所有的树

所有的树

和人一样

它们有自己的姓氏和奶名

比如

桂树不姓桂,它姓月

奶名叫玉兔

柳树不姓柳,它姓燕

奶名叫呢喃

它们也有自己喜欢的学校

每天背着形态各异的书包,去蘑菇洞里学魔法

海棠树的书包在蓝天下,是纯色的

银杏树的书包在湖心,是波光粼粼的

柿子树的书包正在泥土里发芽，是红绿相间的

它们也有自己的理想
迎客松的理想，是成为仙鹤的朋友，并且结识很多仙人
枫树的理想，是追赶比自己还像火焰的太阳
痒痒树的理想，是成为一个人
并且在自己很痒的时候
能够像人一样，毫无顾忌地开口大笑

所有的树
和人一样
它们会哭会笑，也有满脸青春痘的烦恼
它们会射箭会跆拳道，也会写出很多
没有人能读懂
但让风雨、闪电、雷鸣都膜拜的打油诗

——原载《少年文艺》2022 年第 8 期

我写了一首诗给你

我写了一首诗给你

可能,它已经和绿皮火车

远行,掳走了铁轨

可能,它已经和海轮

碰上冰山,沉入了深海

可能,它已经和云朵

侵入天空,变成彩虹,销声匿迹

可能,它已经和蒲公英

潜进森林,掺入土壤,播下了更多的蒲公英种子

可能,它早已走了很远很远

我们还没开始读到它开头的第一行第一句

它早已被另一个国家的陌生人

捡起来装进了一只漂流瓶

或者交给了满口虎牙的秋风

我写了一首诗给你
我不会告诉你它的标点符号、行数和关键字句
也不会告诉你它的写作日期和现居地
更不会告诉你
它又长又拉风的题目下，那一行醒目的笔名
你或许可以轻轻闭上眼睛
感受它在你的鼻翼、肌肤、手心、心田之间
一丝一毫轻微的灵动

我写了一首诗给你
可能，就在我落笔写完的那一刻
它早已蹑手蹑脚
进入了你的梦中

——原载《十月·少年文学》2022 年第 9 期

后记

一

必须承认,我不擅长写后记和创作谈。

以下句子,是生活中粗粝的盐粒,是每一首诗歌背后埋下的糖,是光,是从尘世中打捞出来的散文诗,也是别出心裁的后记。

二

父亲说如果我能听见,清晨中的鸟鸣,绝对是世外天籁。

晨雾中不知是谁泄露了神灵的踪迹,是一群迷途知返的鸟,还是一丛含烟挟雨的花?我被一些冲破牢笼的声音困扰,车响、鸣声、花落、草动与水滴,以及体内小鹿冲碰的交响,让我沉醉在其中不能自拔。一根接通天上地下的电线,告诉了我什么是今生与前世。

我想我的前世是一个仗锄云游的樵夫。我想我的今生，是为寻回我丢弃深泉石下一曲绝响的樵歌。感谢一头深情的牛犊和隔山相望的村庄，从它们的瞳孔中我读响了一曲无牵无挂的音符。云烟深处的人家，是否也有我的族亲？贸然闯入的陌客，是否会让亲人惶恐？我虽很难再次投胎做院落里的某一个忠心的生物，但我只愿往后的日子里还能在这里痴情行走。黄土山坡上的沃野，让我想起父亲这勤劳的前半生，他在田地里耕作、播种和收获，汗水一头扎进神灵共栖的土壤下，最终还是被神灵丢弃，铁打的锄头搁在地下已经生锈。

请赐我一杯忘情的溪泉，原谅我如此怜悯的渴望。

三

废墟下，苍耳像极了一小只——灰头灰脑的刺猬。

它的脚趾，扎疼了月亮。

瓷瓦总把每一道泄气的影子悉心扶起，挂在破败不堪的窗口晒晾。矢车菊黄脸朝天，背着手在河畔游弋。麻雀重返田野，用翅膀在电线杆上拍打去年尚未完成的谱线。它五音不全的歌喉，弹响我内心放荡不羁的腾升。

每一夜弦响，都是虐心的绝唱。

我尚未走完的路，麻雀无情地将我从岩松之间推下山崖，再将别人的灵魂驮回岸畔。

苍耳曾经也是一只有梦的伞兵。所有不辞而别的抵达，拥抱了天亮之后，残枝上那一抹仅剩的绿意。它们怀中盛开着羞涩的陌生。

阵阵呼啸。

萧瑟秋风今又是，换了人间。

四

温一壶秦岭山下炎黄的酒，敬一敬金钱河畔沸腾的月，拜一拜案桌上堆满灰尘的神。

蓄势待长的黑发，一夜之间亮出了银白的针芒。

蓖麻的身体里亮出一些撕骨裂枝的声音，就像亮着一把短得不能再短的剑。这些声音有时是一轮古井里荡漾的明月，有时是一曲靡歌，有时是含光的沉默。有时，它们也会跑到松树上，打开松针烁亮的弧度，测量我抬头望月时，故乡的尺度和泪水的周长。

有时，它也会变成另一个儿时——咬牙吞下滚烫的月亮的我、水中游泳丢了耳朵的我、小跑时摔掉了门牙的我。

五

我用时间的浆，将早熟的理想，慢慢熬成惊艳的黄金。

我掩盖体内硕大的疼痛与惶恐的膨胀，翻山越岭跋山涉水，从一个熟悉的地方度到一个陌生的地方，与大雁结伴，成为光阴孤客、一道逆行的光。

我是一尾无鳞的鱼，我无法原谅江水澎湃的过错。江水拍打在我身上的伤痛，让我忘记自己还有一根扼杀命运的鱼刺。

　　从哭泣的角落，拾起被荆棘包围的勇气，重新出发。眼前的光芒蓦然一闪，便把我扔进了刺眼的博大与渺小。我有理由拒绝微卑的尘埃，但我从不拒绝巨人拎亮的肩膀。

　　生活不是一句简单的笑。对慢腾腾的历史来说，参天大树的年轮便是时间腐烂的注脚。

　　我祈求，我体内的火山、背上的利刺，以及余生丰腴的米粮，能够喂饱那个长得像夸父一样追逐阳光的心跳。

六

　　儿时的青梅，早已在别人的枝头——熟了。
　　我们的竹马，一直还在故乡——空着。
　　只有我能听见，月亮落入古井时，开出生锈的铁花。

七

　　花有重开日，人无再少年。
　　后记写至此，少年游至此，万籁俱寂。荒芜多年的内心，终于落下了一颗铿锵有声的盐粒。
　　从前拥有什么，今生就拥抱什么。
　　我在这本诗集中，拥抱了自己。